GOBLIN SLAYER! THE SIN DEATH

Story: **Kumo Kagyu**
Artwork: **Aoki Shogo**
Character Design: lack

1

INHALT

GOBLIN SLAYER!

THE SINGING DEATH

Keiner weiß mehr, wie es angefangen hat.
Hatte ein bemitleidenswerter Bauer einen unheilvollen Stein ausgegraben?
Hatten törichte Kinder das Siegel eines Schreins gebrochen?
Oder war es ein Meteorit?
Auf jeden Fall ...
... dauerte es nicht lange, bis die Toten aus der Erde auferstanden. Sie fraßen die Lebenden, die daraufhin wurden wie sie.
Der Tod verbreitete sich wie der Wind ...
... und vergiftete alles, was er berührte.
Die Bäume ...
Die Luft ...
Das Wasser ...
Der König befahl deshalb ...
»Findet die Quelle des Todes und ...
... versiegelt sie.«
Kapitel 1

Helden griffen zu ihren Waffen ...
... aber ...
... sie allesamt wurden von dem Tod verschlungen.
Eine Gruppe jedoch hinterließ folgende Worte.
Im Norden befindet sich das Tor der Toten.
Doch wer hatte es je gesehen?
Wie alle anderen verendeten die Abenteurer vor dem Tod.

Das Labyrinth des Todes ...
An diesem Ort, der dem Schlund eines Todesengels glich, versammelten sich ...
... die Leute und eine Festungsstadt entstand.
Abenteurer bildeten Gruppen ...
... drangen ins Labyrinth ein ...
... kämpften ...
... fanden Schätze ...

... und starben.
Ein ewiger Kreislauf, der einfach nicht ...
... enden wollte.
Ein ewiger Kampf gegen schier endlose Monster für endlose Schätze.
Leben wurde wie heißes Wasser in das Labyrinth gegossen ...
... und die Abenteurer ertranken in ihm an ihren eigenen Träumen.
Bald blieb nur noch die Nähe zum Tod ...
Woooooh
... und das Feuer der Abenteurer verkam zu einem Glühen.

Watsch
Pfiuh
Knacks
Wooh
Tsching

Erste Stufe: **Das Zeichen der zerstörenden roten Klinge**
Tapp
Tock

Ey!
Hier ...
... bin ich!
Xch
Bwusch

Wamm
Knirsch
Knirsch
Ngh!
Knirsch

Tsching
Ah?!
W
o
o
h

Katsching
Au-
weia!
Krack

Es tut mir leid.
Das ging schief.
Zitter
Zitter
Zitter
Knick
Gwatz
Gwatz
Gwatz
Gwatz
Das ist schon in Ordnung.
Aber allein schaff ich das nicht!
Einer muss mir hel-fen!
Kannst du ste-hen?
Zack
Ja.
Katschack

Gwooooh
Gwatz
Gwatz
Gwatz
Gwatz
Gwatz
Ngh!
Wusch
Damm

Ritsch
Wrusch
Wieso können wir ihn nicht besiegen?
Zu sechst gegen einen!
Nein, sieh genau hin!
Gwatz
Gwatz
Gwatz

Wooooooh
Von wegen sechs gegen einen.
Wir sind in der Unter-zahl.
Wir lagen falsch.
Nun ja, trotzdem müssen wir sie alle töten.

Katschack
Jetzt können wir uns nicht mehr beschweren.
Genügend Gegner für uns alle.
Und stark sind sie auch noch!
Sst
Sst
Zack
Hast du einen Plan?
Natürlich.

G w o h
Wir kämpfen, bis nur noch ...
... eine Seite übrig ist.
ギチッ
Kritsch
クス…
Kicher

Wollen wir die Positionen tauschen?
Wätsching
Ich kann sowohl vorne als auch hinten kämpfen.
Du scherzt wohl!
Ich werde es sein, der diesem Schwein den Kopf abschlägt!
Ist das so?
Klack
Wamm
Sie sind sicher schwach gegen »Entzauberung«!
?!
Wusch

Nach Entzauberung greift ihr drei gemeinsam an!
Wir legen los!
Bwusch
Pass dich an!
Ja!
Zack
Oh mein Gott, der du zu einem wandernden Wind wirst!
Lass ihre Seelen in die Heimat zurückkehren!
Bwoooh

Asche zu Asche!
Ent-zaube-rung!
Staub zu Staub!
Blitz
Bwosch
Ventos!
Lumen!
Wamm
Blitz

Libero!
Tsching
BAK

Fusions-
schlag!
...MOooo

Wooh, Mo
Oh nein!
Ngh!
Wusch
Srrrt

Fritsch
Ha ...
Ah?
Gah ?!
Pwisch
Tschink
Tschink
Du ...
... mieses ...!

U... Urgh?!
Röchel
Dotz
Writsch
Die beiden müssen geheilt werden!
Bleibt ihr weiter offensiv, ich kümmer mich um die zwei!

Ts!
Wamm
Wamm
Wamm
Ven-
tos
...
Schnell!
Geh in
Deckung!
...
Lu-
men
...
...
Libero
G
w
o
h
Wumm

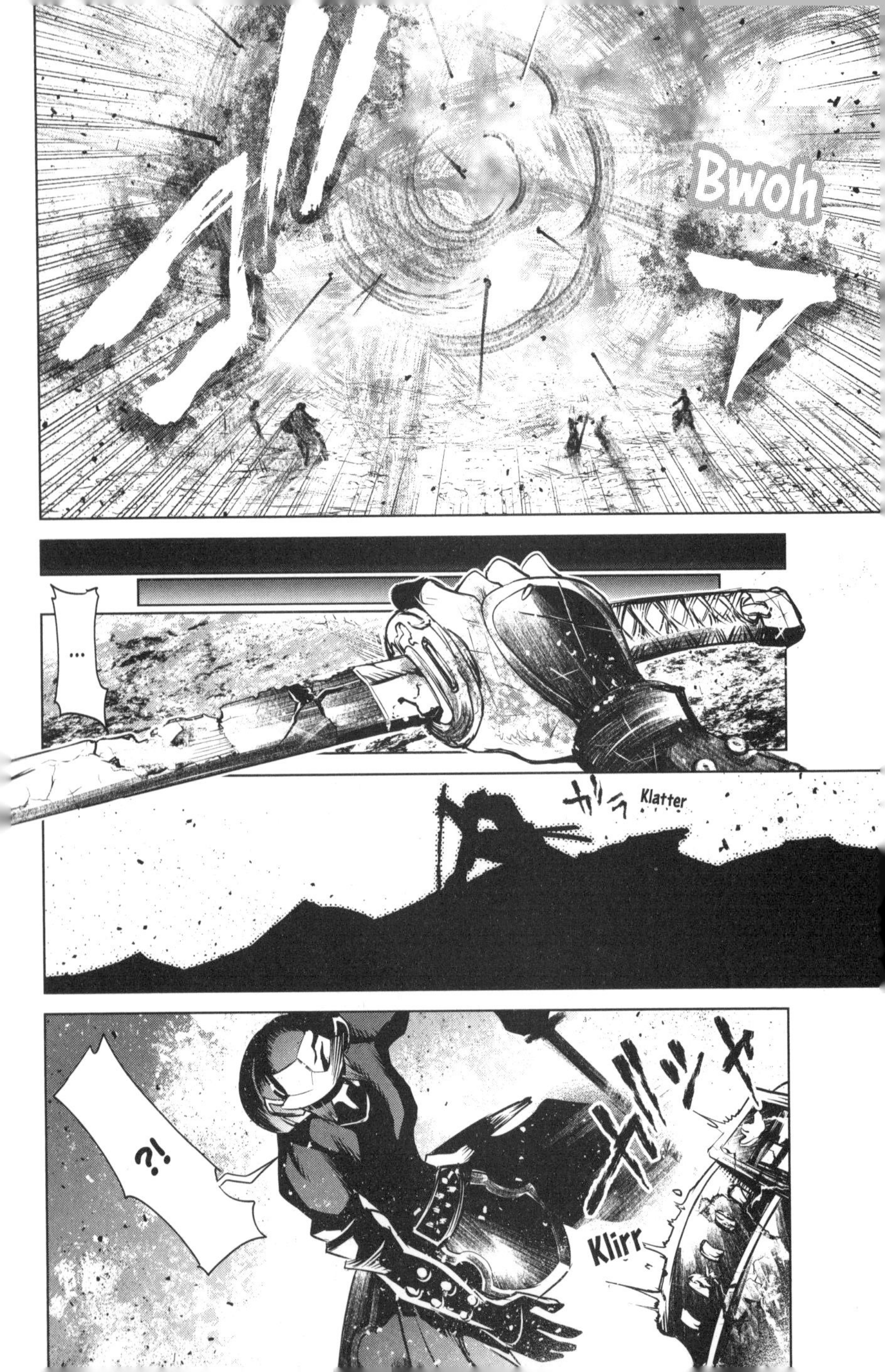
Bwoh
...
Klatter
?!
Klirr

Euer Abenteuer …
Katschack
Zu schade …
Nein … Ich …
Ah …
Zitter
Zitter
Schade …
… wird hier wohl enden!

Wrusch
Die Würfel der Götter waren gefallen.
Ein Schrei, als würde jemand nach dir rufen.

Kapitel 2
Zweite Stufe: Stählernes Prüfungsgelände

Die Festungsstadt ...
... und das Gasthaus Zum Goldenen Ritter ...

Raun
Gar nicht übel.
Fünfund-zwanzig Goldstü-cke.
Das ist ordent-lich.
Raun
Tschack
Tschack
...!?
Ha
ha
ha
ha
Mehr Alko-hol!
Ha
ha
ha
Klimper
Klimper
So läuft hier also der Hase.
...!

Hey!
...

Wenn du hier alles so anstarrst ...
... halten die Leute dich noch für ein Landei.
Nur weil wir es geschafft haben, Abenteurer zu werden ...
... musst du nicht gleich ungeduldig werden!
Ohne mich wärst du wirklich aufgeschmissen.
Wir kommen beide vom Land und sind fast gleich alt ...
Schwank
Schwank
!
Tock

Oh!
Hey, Chef.
Watsch
Du musst nichts über-stür-zen.
Lasst uns erst einmal ein Bier trin-ken.
Schon mittags Alkohol?

Ha ha ha!
Das ist eine Tradition unter Abenteurern.
Ach, wirklich?
Bist du ...
... echt kein Rhea?
Elfen und Rhea sind quasi Brüder.
Und weil ich Halbelf bin ...
... sind sie so was wie meine Cousins!
So wie du und ich.
Wir sind Cousins zweiten Grades.
Wir sind durch die Hitze hermarschiert!
Da wäre ein kühles Bierchen doch angenehm.
Rumms
...
Das stimmt wohl ...

Willkommen im Gasthaus Zum Goldenen Ritter!
Was kann ich euch bringen?
Drei Bier.
Ach, wenn es Fruchtsaft mit Wasser gibt ...
... dann das bitte.
Zwei Bier und ein Fruchtwasser.
Alles klar!
Ist das eine Padfoot?
Vielleicht können sie hier gutes Geld machen.
PAT PAT PAT

Frauen mit Körperteilen von Tieren ...
... haben es in der Gesellschaft schwer, Geld zu verdienen.
Aber die Festungsstadt ...
... quillt nur so über von Geld.
Denn hier ist das unterirdische Labyrinth.
Das Labyrinth des Todes.

Hier gibt es mehr als genug Geld ...
... aber auch mehr als genug Monster.
Anscheinend stimmen die Gerüchte über die Bekanntmachung des Königs.
GWiPP
Domm
Vielen Dank fürs Warten!
CLANQ!!
Sagt mal ...

... was macht diese Frau dort?
Hm?
Ach ...
Sie identifiziert Gegenstände.
Was bitte?
Ja. Dinge, die man ...
... im Labyrinth findet, müssen identifiziert werden.
Sonst sind sie nichts wert.
コォオオオォォ
Bwooo
Geht das nicht in einem Laden?
Ja, aber die sind nicht objektiv.
Ein Magier kann solo sowieso nicht viel im Labyrinth machen.
Höchstens ...
... allein dort sterben.

?
Ist der Tod das Schlimmste, was einem …
… im Labyrinth passieren kann?
Ach …
Nein …
Das Schlimmste ist es nicht.
Die Dunkelheit des Labyrinths ist Furcht einflößender als der Tod.
In ihr kann man als wandelnde Leiche oder als Monsterfutter enden.
Aber natürlich …
… geht es noch viel grausamer als das.
Aber wenn sie …
… Dinge identifizieren kann, heißt das …

Sie dient dem erhabenen Gott, der den wahren Wert von Dingen erkennen kann!
Sie muss eine Bischöfin sein!
Also eine Priesterin von hohem Rang?
Solche sind bestimmt gefragt.
Viele wollen sicher eine Gruppe mit ihr bilden.
Willkommen im Gasthaus Zum Goldenen Ritter!
Aber wieso ist sie dann allein hier?
Vielleicht wartet sie nur auf wen?
Kameraden muss man ...
... auf jeden Fall vertrauen können, nicht?
In der Tat ...
Lug

Es mag nur ein Gerücht sein ...
... aber viele Abenteurer gelten als Taugenichtse.
Besonders hier beim Labyrinth ...
... sind die Kontrollen sehr locker.
Wer es sonst nicht über die Runden schafft ...
... kommt hierher und versucht sein Glück in ihm.
Ha ha ha ha ha
Fähigkeiten allein reichen heutzutage ...
... nicht aus, um Abenteurer zu sein.
Wamm
Ich bin ...
... stolz darauf, dass wir keine Halunken wie die sind ...
Für andere sind wir wie sie.
Deshalb müssen wir uns beweisen.

Ich bin ein Späher ...
... und kann auch vorne mitkämpfen.
Der Chef ist ein Krieger ...
... und du bist eine Magierin.
Gerne hätte ich noch zwei weitere ...
... Magiewirker. Das würde die Gruppe abrunden.
Oh!
Du kennst dich gut aus!
Warst du etwa schon mal im Labyrinth?
Nein, ich hab das nur erzählt bekommen ... Ha ha ha!
Ach ja!
POP!!
Dann sollten wir ...

... sie vielleicht fragen, ob sie unserer Gruppe beitreten will.
?
Zack

Bomms
Hey, du!
Bist du fertig mit unserem Auftrag von ges-tern?
Ja, die Dinge von gestern habe ich bereits ...
Wusel
Wusel
...

Stumpfes Schwert, rostiges Kettenhemd und faulige Lederrüstung?
Hast du sie etwa extra schlecht identifiziert?!
Nein! Es sind einfach solche Gegenstände!
Du weißt, was passiert, wenn du nicht machst, was wir sagen, oder?
Also mach endlich, was du tun sollst!
Klatter
Klatter
Ja, ich habe verstanden ...
Flatter
Was für ein grober Haufen!

Wie wäre es mit einem weiteren Bier?
Komm mal kurz her.
Klimper
Oh?
Was ist mit ihr?
Du meinst das Mädchen?
Sie ist wirklich bedauernswert.
Ihr ist während ihres ersten Abenteuers etwas zugestoßen.
Wusch
Schwupp
Sie ist hergekommen, um neu anzufangen.
Leider hatte da ihre Geschichte hier schon die Runde gemacht.
Das kommt nicht selten vor ...
Aber was ist falsch daran, es noch einmal zu versuchen?
Viele Abenteurer sind abergläubisch.
Glück ist Teil ihres Kapitals.
Deshalb ist sie allein und verdient ...
... sich ihren Unterhalt mit der Identifikation von Gegenständen.
Sie kann nicht allein auf Abenteuer gehen, doch sie muss sich ja irgendwie ernähren.
Es ist eine wirklich tragische Geschichte.

Es tut mir leid ...
Ich kann das nicht ...
Hör auf zu heulen!
Du kriegst wirklich nichts auf die Reihe.
Wie bei deinem ersten Abenteuer! Das waren doch nur einfache Goblins!
Ja, es tut mir leid ...
Du bist vollkommen nutzlos!
Es ist aber komisch.
Diese Typen sind wirklich etwas grob mit ihr ...
... aber bisher waren sie eigentlich nicht so.
Das sind echt üble Gesellen ...
Sag mal ...
...
Gwipp

Lass uns sie ...
... wirklich einla-den.
Oh, Chef.
Klatter
Gehst du etwa?
Nick

Stapf
Dann häng dich rein.

Sst
!
Hah
Ä...
Ähm ...
Ich identifiziere gerade für andere.
Könntest du noch etwas warten?

...!
Ihre Augen ...

Euer rüpelhaftes Verhalten gehört sich nicht.
Entschuldigt euch bei ihr.
Was bist du denn für einer?!
Verpiss dich oder wir prügeln dich grün und blau!
Jetzt reicht es aber!
In Ordnung! Mach sie fertig!
Na dann ...
GWAPP

Bwamm
Urgh?!
Nicht schlecht.
Er war sofort hinter mir.
Du ...!
Bamm

THUG!!
Schwank
Ngh ...!

Srrrt
Ist er ein Krieger ...?!
Der hat nicht mal Kratzer an der Rüstung!
Er muss ein Anfänger sein!

Zack
Krscht
Katschack
Wenn ich meine Klinge ziehe, muss ich sie töten, aber schaffe ich das?
Die beiden waren schließlich sogar schon im Labyrinth!
Ziehe ich sie?
Oder ziehe ich sie nicht?
Katsching
Ich werde ...
Sie ziehen!
Jetzt gebt ...
... endlich Ruhe!

Wamm
Ein Lord!

W...
Wir wollten nur ...
... dem Anfänger zeigen, dass man sich nicht ein-mischt ...
W... Wir wollten kei-nen Ärger machen ...
Stapf
Stapf

Soweit ich es ...
... erkennen kann, ist die Identifikation abgeschlossen.
Ihr habt also mit dieser Frau nichts mehr zu tun.
Trinkt eure Getränke aus und verschwindet.
...
Schepper
Klacker
Klacker
Ja, gut so.
Wupp
Tschink

Es tut mir leid, dass ich für Unruhe gesorgt habe.
Danke für Eure Hilfe.
Du bist ein Anfänger, nicht wahr?
Du bist willensstark, auch wenn ich nicht weiß, ob das gut ist.
...
Zwischen Abenteurern des Labyrinths und normalen Abenteurern ...
... gibt es einen großen Unterschied.

Auch wenn es mir nicht gefällt, haben sie mich so sehr ...
... in die Ecke gedrängt, dass ich fast mein Schwert gezogen hätte.
Dann hätte ich die Situation sicherlich nicht heil überstanden.
Meine Unreife hat all dies herbeigeführt.
Mach dir keinen Kopf.
Pass einfach von jetzt an auf.
Die Gruppe der beiden bestand aus sechs Leuten.
Jetzt sind es nur noch zwei.
Der Rest hat seine Seele verloren.
?
Sie wurden vom Labyrinth gefressen.

Wusel
Wusel
Zuck
Pass lieber ...
... gut auf dich auf.
Poff

Das ist ein interessanter Säbel.

Babumm
Babumm
Babumm
Zitter
Schwitz
Ich wollte dir eigentlich helfen ...
... aber ich war wohl etwas spät.
Das war aber ein prächtiger Ritter.
Mit jemandem wie ihm hier fühle ich mich gleich sicherer.
Da ist mir meine Chance durch die Finger geflutscht.
Und jetzt ...

Ä…
Äh …
Also …

Kapitel 3
Zack
Wir sind …
… Abenteurer.
Wir sind hier, um die tiefste Ebene …
… des Labyrinths des Todes zu erreichen.
Das ist alles.
…
…
…
Ähm …
わさっ
Raschel
Hör mal …

Weil er nichts auf die Reihe bekommt ...
... wenn er allein ist ...
Tock
... bin ich mitgekommen!
Ich gebe zu, dass du eine gute Magierin bist ...
... aber deine Schuhe sind für ein Abenteuer alles andere als passend.
Aber sie sehen so gut aus!
チラ...
Lug

Ich möchte die Geheimnisse des Labyrinths aufdecken!
Dompf
Schon bald wird mein Name in der ganzen Welt bekannt sein!
Außerdem hat mich der Wille des Chefs motiviert.
Das sind meine Gründe!
Wir haben dich doch aus einem Baum gefischt, weil dir eine Magierin Käfer auf den Hals gehetzt hat.
Hey, junger Mann und junge Dame.
Katsching
Wollt ihr mir nicht helfen?
Katsching
Ah ja …

Ich habe ...
Auch ich ...
... habe jenes Ziel.
Wel-ches Ziel?
Ich möchte auch etwas gegen das Labyrinth ...
... unter-nehmen ...

Immer wieder wurde der Frieden bedroht.
Schon seit dem Zeitalter der Götter hatte sich daran nichts geändert.
Mit den Dämonen als Strip-penzieher ...
... verbrei-teten sich Seuchen, wurde die Welt ...
... immer chaoti-scher und die Herzen ...
... der Men-schen wurden zer-stört.
Und das größte aller Pro-bleme ...
... war der Tod.

Obwohl sie verstorben waren ...
... standen sie nach dem Tod wieder auf ...
... und griffen die Lebenden an.

Die angegriffenen Lebenden wurden zu Toten, die weitere Lebende angriffen.
So breitete sich das Unheil aus.
Wären es Untote gewesen, hätten Mönche und Priester sie vielleicht gemeinsam abwehren können.
Jedoch zeigten ihre Gebete keine Wirkung.
Es war nicht klar warum, aber bei ihnen handelte es sich nicht um herumirrende Seelen. Sie fraßen sich durch die Reihen der Kräfte der Ordnung ...
... und damit war es nur eine Frage ...
... der Zeit, bis eine Ära der Dunkelheit wieder anbrechen würde.
Findet die Quelle des Todes und zerstört sie!
Befahl der König, unsicher, ob er nicht zu spät gehandelt hatte.

GWOOOOOh
Es geschah zu dieser Zeit, dass ein Abenteurer ...
... das Labyrinth des Todes fand.
Und schnell machten Gerüchte über ...
... die fürchterlichen Monster ...
... und die unendlichen Schätze, die im Labyrinth zu finden waren, die Runde.
Man erzählte sich, dass am tiefsten Punkt des Labyrinths ...

Bwoh
... ein Dämonenfürst lebe.
Die Truppen, die der König ins Labyrinth schickte ...
... wurden komplett vernichtet.
Die Soldaten waren nicht dazu fähig, die Monster und Fallen, die auf sie warteten, zu überwinden.
Sie waren ausgebildet worden, um Barbaren und Nachbarländer zu bekämpfen.
Oder gegen eine Armee des Chaos ins Feld zu ziehen.
Aber ein Labyrinth ...

... das war eine Aufgabe für Abenteurer.
Mit der Zeit entstand die Festungsstadt.
Sie versperrte den Eingang des Labyrinths ...
... und wurde zur Basis für Abenteurer, die in es eindringen wollten.

Alle, die sich am Labyrinth versuchten ...
... wollten reich und berühmt werden.
Wenn ich Monster töte, kann ich mehr Geld machen, als mein Dorf jemals gesehen hat ...
... aber ich weiß nicht, ob ich vielleicht im Labyrinth sterben werde.
Ich sollte lieber nicht gegen den Dämonenfürsten kämpfen ...
... sondern einfach nur Geld scheffeln, indem ich kleine Monster besiege.
Es wird in nächster Zeit sicher nicht einfach verschwinden ...
Ja ...
Anstatt mich in einem Tempel zu verstecken ...
Wusch
... möchte ich lieber der Welt nützlich sein.
Ich bin hergekommen, um Kameraden zu finden ...
Aber solltest ...

... du dich dann nicht am Labyrinth versuchen, anstatt Dinge zu identifizieren?
Zuck
Platsch
E...
Es tut mir leid ...
Zitter
...

I... Ich habe mich, bevor ich zur Festungsstadt kam ...
... und sogar noch ...
... bevor ich mich im Tempel versteckte, an einem Abenteuer versucht ...
Und was ist d...
Ngh ?!
Watz
Was ist ...
... mit deinen Kameraden?
Sie sagten zu mir ...
... dass ich, die bereits gegen Goblins verloren hatte ...
... nichts im Labyrinth zu suchen habe ...
... und haben mich verlassen.

Goblins …
Sie werden als die schwächsten Monster dieser Welt angesehen.
Sie greifen Dörfer an, doch …
… diese Angriffe sind nichts Besonderes.
Sie sind etwas Alltägliches in dieser Welt.
Mein erstes Abenteuer …
… endete mit …
… einem Fehlschlag.
Darum habe ich …
… mich im Tempel versteckt …
Aber …
… wieso bist du dann hier?
Du könntest woandershin gehen …
… und so deinen grässlichen …
… Erinnerungen entkommen.
Aber ich möchte …

... Frieden in diese Welt bringen.
Auch wenn ich selbst nicht auf ein Abenteuer gehe ...
... möchte ich zumindest Abenteurern behilflich sein.
Und so ...
Sie möchte so ihren Teil zur Rettung der Welt beitragen.
Lug

J... Ja ...
Ich glaube, das ...
... ist eine gute Idee.
Finde ich auch.
Wenn jemand etwas dagegen sagt, bekommt er es mit mir zu tun.
Räusper

Eine Bischöfin …
… könnten wir gut gebrauchen.
Wie bitte …?
Man erhält die Befugnis zur Identifikation von Items …
… ab dem Rang eines Bischofs, nicht wahr?
Ä…
Ähm …

Ihr müsst keine Rücksicht nehmen.
Ich …
… bin es gewöhnt …
… ausgelacht zu werden …
Ähm …
Wenn es um eine Identifikation geht …
… müsst ihr das alles nicht tun.
Ich werde es auch so übernehmen.
So war das nicht gemeint.

Eine Bischöfin sollte auch großes Wissen über verschiedene Monster haben.
So jemand wäre uns eine große Hilfe.
Du kennst doch eine Bischöfin, oder?
Ich würde euch gerne behilflich sein ...
... aber unter meinen Kunden sind keine Bischöfe.
Nein.
Nein.
Sst

Direkt vor meinen Augen ...
... befindet sich doch eine Bi-schöfin.

Aber ich war noch nie im Labyrinth ...
Und die Sache mit den Goblins ...
Was redest du denn da?
Ich war doch auch ...
... noch nie in dem Labyrinth.
Bei den beiden ist es genauso.
Wir sind alle Anfänger.
Ja, das stimmt.
Ich und mein Bruder sind beide noch unerfahren.
Er gibt sich nur anders.
Ich bin nicht dein Bruder.
Wenn jemand im Dienst der Götter ihm den Weg weisen würde ...
... wäre das auch für mich als Schwester beruhigend.

Willst du nicht ...
... unsere Kameradin werden?
...
Wenn ich euch genügen sollte ...
... dann gerne.

YAP!!
YAP!
YAP!
YAP
Wie wäre es, wenn wir beim Tempel vorbei-schauen?

Vielen lieben Dank!
Kommt bald wieder!
Beim Tempel?
Vielleicht erhalten wir da ja noch was.
Eine Erleuchtung oder so etwas.
Beim Tempel hier ...
... habe ich mich nur ein einziges Mal vorgestellt.
Aber ich erinnere mich, dass es dort viele Abenteurer gab.
Es könnte sein, dass wir dort jemanden kennenlernen.
Die Form ihres Stabs ...

Eine Waage kombiniert ...
... mit einem Schwert.
Ein Gegenstand des erhabenen Gotts.
Beim Tempel?
Welcher Gott wird denn hier angebetet?

Der Gott des Handels.
Des Handels?
Von dem habe ich noch nie gehört ...
Ja!
Dieser Gott beherrscht die Winde und schützt die Reisenden!
Tut mir leid. Ich habe mich so reingesteigert ...
Oh!
Das könnte sich als nützlich erweisen.
Reisen und Handel führen zu Begegnungen und Geld.
Und dennoch ...

Ich dachte, dass es hier nur Abenteurer geben würde ...
... aber es gibt auch ganz schön viele Läden!
Wusel
Wusel
Wusel
Das ist doch klar.
Die Abenteurer müssen doch irgendwo ihren Lohn ausgeben können.
Gasthäuser, Waffenläden, Kleidungsgeschäfte ...
... und sogar Orte für Glücksspiele.
Die Stadt selbst ist ja fast schon ein Labyrinth.
Es ist passend, dass hier ein Schrein des Gottes des Handels gebaut wurde.
Wamm
Chef. Chef!
Es ist unglaublich!
Schau mal dort!

WHOOPS
Hey!
Bwamm
Es ist peinlich, wenn du so in der Gegend herumstarrst!

...?
Seit wann hast du das?
Seit gerade!
Also wirklich.
Da du ein Junge bist, lässt sich das vielleicht nicht ändern, aber du bist echt unaufmerksam.
Es ist für sie.
Hm? Was?
Für mich?
Sst
Ja, dreh dich mal kurz um.
Srrt

Hi hi! Wie ist sie?
Ich habe einen Stoff ausgewählt, der sich gut anfühlt!

War mein ...
... Anblick etwa so schreck-lich?
Nein, über-haupt nicht!
So wirkst du mys-teriöser ...
... und noch viel schöner ...
... nicht wahr?

GWIPP
Magst du sie etwa nicht?
Die ist schwarz, aber soll sie lieber blau oder rosa sein?
フル Schüttel
フル Schüttel

?
Wusch
Klapper

o o o h
Ist das etwa ...
... der Tempel der Festungs-stadt ...
...?

B W O O
Klatter
Klatter
Klatter
Klatter
Ver- flucht Scheiß
Badamm!
?!
Bobamm
Du geld- gierige Nonne!

Wamm
Ihr geizigen Apostaten!
Zieht Leine!

Kapitel 4
Ihr geizigen Apostaten!
Zieht Leine!

Was passiert hier?
Sie lassen für ihr Glück oder die Heilung ihrer Kameraden zu den Göttern beten.
Hier kann sogar das Wunder »Auferstehung« gewirkt werden, das tödliche Wunden heilen kann.
Es gibt hier viele hochrangige Diener der Götter.

So ist es.
Aber bitte versteht es nicht falsch.
Wir begrüßen hier alle freundlich ...
... sofern sie uns die Spende geben, die nach dem ...
... Wirken eines Wunders fällig wird.
Aber ohne Glauben ...
... wirken auch keine Wunder.
Wie gruselig ...

Hm?
Schwupp
Ist irgend-was?
Äh ... Nein ...
Wir sind neu hier und wollten uns vorstellen, falls uns etwas zu-stößt!
Ist das so?
Das ist eine gute Ein-stellung!
Ich hoffe, dass ihr uns gnädig seid, wenn es um unser Leben geht ...
Ich ver-stehe ...

Wir sind hier an vorderster Front im Kampf gegen den Tod ...
... und die Besucher des Tempels sind keine frommen Gläubigen.
Sie sind lumpige Abenteurer ...
... die herkommen, um geheilt zu werden.
Würden sie hier ohne Gegenleistung geheilt werden ...
... gäbe es viele, die das ausnutzen würden.
Die Götter sind barmherzig und fair.
Sie werden ihren Dienern verzeihen ...
... dass sie so vorgehen.
Wenn sie an so einem gottlosen Ort ...
... Götter verehren, müssen sie wirklich gläubig sein.
Tock Tock Tock

Ä…
Ähm …
Sst
CLINK! CLINK!
Es ist nicht viel, aber …
Ja.
Klimper
チャリ…
Wir brauchen als Gruppe eine Gemeinschaftskasse.
Ja, danke!
Danke!
Vielen lieben Dank.
Ach!
Du bist doch …
Klimper

Ich verste-
he.
Du hast also Ka-
meraden gefun-
den.
FWIPP
FWIPP
Gott wird ...
... dich geleitet haben.
Nun ja, sie ist ja auch eine Dienerin Go...
Patsch
Sei still!

Und ...
... erhalten wir jetzt noch was?
Beim Tempel?
Vielleicht erhalten wir da ja noch was.
Eine Erleuchtung oder so etwas.
Ach.
Du hast recht.
Schwester, hättest du etwas dagegen ...
... wenn wir uns hier nach einem weiteren Kameraden umschauen?
Nein, nicht im Geringsten.

Unser Gott wacht über jegliche Begegnung.
Ich emp-fehle mich.

?
Was ist das da?
Ich habe gehört, dass es hier ...
... das Wunder »Erhalt« ...
... geben soll.
Was?

Dieser Tempel würde niemals Verletzte einfach im Stich lassen, sodass sie sterben.
Natürlich gibt es einige ...
... die sterben, weil die Gebete nicht erhört werden, aber solang man die geforderte Spende gibt ...
Und selbst ...
... beten die hiesigen Diener des Gottes für einen.
... wenn man das Geld für die Spende nicht hat ...
... jagen die Diener einen nicht fort.
Die Verletzten werden dann ...
... in einen lebenserhaltenden Schlaf versetzt.
Und dieser wird so lange ...

... aufrecht-erhalten ...
... bis die Kameraden das Geld für die Spende zusammenhaben.
Gwooooooooh
Katschamm

Ewig ist dies natürlich nicht möglich, schließlich benötigt man ...
... für Erhalt und Auferstehung »Glauben«.
Und aus ...
... diesem Grund dringen viele ins Labyrinth vor ...
... um dort »Glauben« zu sammeln.
Es sollen aber auch einige hier einfach zurückgelassen werden.
So wurde es mir erzählt.
GWoooh

Sie gehen hinein, um Geld aufzutreiben, aber werden ausgelöscht.
Oder aber sie finden andere Kameraden.
Vielleicht verlassen sie auch einfach die Stadt.
Wie viele dieser vergessenen Abenteurer ...
... schlafen wohl in diesem Tempel?
Als Abenteurer werde ...
... ich vielleicht auch hier ...
Vielleicht sollten wir einfach so eine Person heilen.
Die Heilkosten holen wir uns von ihr zurück.
Wenn wir früher sterben, ist es dann eh egal.
Hä ...
Das würde ich eigentlich vermeiden wollen.
Srt
Srt
Srt
?!

Srt

Was mag ...
... das sein?
Das sind Leichen-säcke.
Wamm

Wamms
Hallo, Priesterin.
Könnten diese fünf bitte beerdigt werden?
Klack

Beerdigt?
Wurden die Verwandten benachrichtigt?
Die hier haben eh keine Verwandten.
Ich kannte sie selbst gar nicht so richtig.

Dann werde ich die Formalitäten erledigen.
Wapp
Katschang
Die Ausrüstung der Leichen?
Zitter
Hm?
Oh ...
Kennst du sie?

Ja.
Sie ist Abenteu-rerin.
Also ...
Rede weiter ...
Im ...
... Gasthaus hat sie mich häufiger an-gesprochen.
Glaube ich ...
... zu-min-dest.
Ach so ...

Hallo.
Ich kann mich ruhig selbst vorstellen.
Wupp

Zack
Was zum Teufel?!
Wie konnte ich nicht bemerken, dass sie sich nä-hert?

Das ist also eine Abenteurerin mit Erfahrung im Labyrinth ...
Hi hi hi! Du hast jetzt Kameraden?
Wie schön, ich hab mir schon Sorgen um dich gemacht!
Äh, ja.
Seit gerade erst ...
Freut mich, dich kennenzulernen.
3153936-6331T2.
Ich bin seit kurzem eine unabhängige Kriegerin.

?
Wir sind auch Abenteu-rer.
Wir sind in die Fes-tungsstadt gekommen, um uns an dem Laby-rinth zu versuchen.
Da wir ge-rade erst angekom-men sind, suchen wir noch Ka-meraden.
Ach so ...
Was waren das für Zahlen?
Ah ...
Das ist eine Nummer und mein Name.
Um von Steuern befreit zu werden, bin ich Aben-teurerin gewor-den.
Und weißt du, was?
Das machen viele so.
Ähm ...
Ist bei dir alles in Ordnung?

Ja, natür-lich.
Schließ-lich habe ich die hier erst gestern im Gasthaus kennen-gelernt.
Und es ist nicht so, als wäre dies das erste Mal ...
Murmel
Habt ihr ...
... euch am Labyrinth versucht?

Wir sind in die erste Kammer vorgedrungen. Weiter nicht.
Ich würde mich freuen, wenn du mich ...
... einladen würdest.
Ich bin sicher besser als die anderen Mädels deiner Gruppe.
Was ...
... denkt ...
... ihr?

Man kann nie genügend schöne Frauen in seiner Gruppe haben.
Ich würde mich über eine weitere ...
... weibliche Begleitung freuen.
Ha ha
Vielen Dank.
...
...
Und du?
!

Hast du …
… eine Meinung dazu?
Äh …
Ich habe keine Einwände.
…
Tschack
Ist alles okay mit ihr?
Sie ist scharfsinnig.
Flatter
Hi hi hi
Was ist?
Willst du was wissen?

Zack
Ich würde gern ein …
… ein-ziges Mal die Klingen kreu-zen.

Hm …
Wupp
Das ist es also …
Ich weiß nicht, für wie lang, aber ich bin der Anführer der Gruppe.
Wusel
Deshalb muss ich die Kampfkraft der Mitglieder kennen.
Nein, das ist eine Ausrede.
Ich muss zugeben …
Ich freue mich darauf …
… mich mit ihr zu messen.
W o o o o h
Womms

Tschang

Ts!
Wamm
Wrusch

Ha
ha!
Strahl

Wie versprochen. Ein einziges Mal.
Pfiuh
Pfiuh
Aber schade ...
... ich hätte Lust auf mehr.
Tschink
Tschink
Ich konnte den Angriff mit Mühe abwehren.
Tschack
Aber was wäre wohl ...
... beim zweiten Schlag passiert?
Hey!
Was richtest du deine Klinge gegen eine Frau?!
Als Schwester bin ich echt sauer!
Du bist meine Cousine.
Was haben ...
... die beiden denn gerade gemacht?
Mach dir keine Sorgen.
Das war kein richtiger Kampf.
オロ
Wupp
オロ
Wupp

Man könnte es als Streit bezeichnen ...
... aber nur einen, durch den man sich ...
... besser kennenlernt.
Nun ja ...
Sst
Es tut ...
... mir leid.
Plopp
Ich habe egoistisch gehandelt.
Grooooh
Meine Güte! Du bist echt ...!
Hey, ihr ...!

Grrrrmbl
Ungläubige, die im Tempel ...
... für Unruhe sorgen ...
... sollen auf der Stelle zu Asche zerfallen!
Okay!
Das war mein voller Ernst!
Ja, ja, wir haben es verstanden.
Sorry, sorry.
Hach
Wie dem auch sei ...

Dies ist ein Ort der Begegnungen.
Ich bete darum, dass euch ein wegweisender Wind weht ...
... und dass am Ende des Labyrinths ...
... kein Sturm auf euch wartet.
Was denkst du ...
... denn über meine Fähigkeiten?
Nun ja ...
Dazu müssen wir beide ...
... wohl nichts sagen, oder?

Kapitel 5

Du willst ...
... also wirklich sechs Leute ...
... zusammenhaben, um ins Labyrinth vorzudringen, was?
Warum ist es hier Standard ...
... eine Abenteurergruppe aus sechs Leuten zu bilden?
Es liegt an der Breite der Gänge im Labyrinth und der ...
... Anzahl an Kameraden, die man während des Kampfes im Blick behalten kann.
Es mit zu vielen Leuten zu versuchen, ist auch nicht gut.
Das beweist der Fehlschlag der Armee.

Man muss sich dem Labyrinth immer wieder stellen, um es zu bezwingen.
Ressourcenmanagement ist dabei ein wichtiger Faktor und um mehr als sechs Leute ...
... kann sich eine Person nicht kümmern.
...
Ein sechster ...
... Kamerad?
Was für einen Abenteurer würdest du dir wünschen?
Hm ...
Ich will nicht gierig sein ...
... aber wir könnten noch einen Magiewirker gebrauchen.

Schwupp
Du beherrschst doch selbst Zauber, nicht wahr?
?!
Ja, das stimmt, aber ...
Wusst ...
... ich's doch.
Wann hast du es bemerkt?
Als wir uns gemessen haben?
Und sie auch.
Äh, ja ...
Es ist zwar nur grundlegend ...
... aber ich habe ein wenig Magie studiert.
Ich auch! Ich kann auch Magie wirken!
Hm ...

Hm ...
Falls ein Mönch in Ordnung ist ...
... hätte ich wen, glaube ich.
uwoooooooh
Waaaaaaaah

Katsching
Uwooooh
Bwosch
Watscham
Ähm, eigentlich ist ...
... er irgendwo hier anzutreffen ...
Setz Mahalito ein!
Schlag zu und bring ihn um!
...
Leg los, Murphy!
Ich versteh die Regeln nicht, aber es scheint ...
... als würden Leute bei diesem Spiel sterben ...
Waaaaaaah
Hält sich an so einem Ort ...
... wirklich ein Mönch auf?!

Ich weiß nicht, wie ernst er sein Amt nimmt ...
... aber er ist oft hier.
Ach!
Ich hab ihn gefun- den.
Wartet mal kurz.
Tock
Tock
Tock
Aber ...
... wenn er sich hier rumtreibt ...
... muss er ein ganz schön wil- der Mönch sein.
Nick
Wutsch

Wer sucht …
… nach einem Mönch?
Bomm
Katsching
Etwa ihr?

Katsching
Katsching
Ein Myrmidone? Ein Mönch ...
... der Insektenmenschen ?!
...
Eine Frau ...
... und Kinder ...

Eine kann Identifi-kation.
Ist das euer Ernst?
...
Mönch!
Das ist unhöflich, wenn man wen zum ersten Mal trifft!
In der Tat sind wir noch unerfahren, aber ...

Die Typen hier denken das zumindest.
Seid euch dessen bewusst.
Damit hat er wohl recht.
Aber er macht sich nicht über ihre Augen lustig.
Er scheint nicht so böse zu sein.
Wir müssen nicht so tun, als wären wir stark.
Wir sind gerade erst angekommen.
Ja ...
Ich bin mir nicht sicher, ob ich es schaffen kann ...
... aber ...
...

Und nun?
Alkohol und Brot!
Katzenfleisch!
Wie wäre es?
Von allem etwas!
Warum wollt ihr ins Labyrinth?

Wollt ihr Geld oder das, was sich ...
... am tiefsten Punkt des Labyrinths befindet?
Die Quelle des Todes. Ich wäre mit beidem ...
... einverstanden.
Über den Grund haben wir ...
... noch gar nicht geredet.
Stimmt, ich habe auch noch nicht danach gefragt.
Mein Ziel ...
Du kannst ruhig deine wahre Meinung sagen.
Als Schwester stehe ich dir bei.
Sst
Es ist doch klar.

Zack
Ich habe nur ...
... ein einziges ...
... Ziel!
Die tiefste Ebene erreichen ...
... und dort der Quelle des Todes ...
... den Kopf abschlagen.
Sst

Ah ?!
Ist das wirklich ...
... dein Ziel?
Ja.
...
Katsching

Sst
Wunder-
bar.
Ich bin
dabei.
Stört
dich
denn
nicht
...
...
dass
wir
...
...
nichts
weiter
...
... als
Anfänger
sind?

Flatter
Ich will auch dem Wesen ...
... ins Gesicht blicken, das sich tief im Labyrinth versteckt.
Damit wären ...
... wir sechs!

Die nötigen Dinge haben wir alle beisammen!
Drei Magiewirker, zwei Krieger und ein Späher. Nicht übel.
Wir gehen jetzt nicht noch Rüstungen und Helme kaufen, oder?
Auf ins Labyrinth …
Nun ja.
Du bist bereits fertig mit deinen Vorbereitungen, nicht wahr?

Tschack
Gwipp
Zack
Sst
Ja.

Lasst uns gehen!

Zum Laby-rinth!

BWoooooooh
Oh Mann ...
Der Tod schreit aus ihm heraus.
Ich hab zwar davon gehört ...
... aber hier draußen ist echt niemand.
Nicht mal Gras wächst in dieser Gegend.
Die Festungs-stadt hält den Tod auf ...
... der aus dem Labyrinth heraus-strömt.
Der Bau der Stadt soll alles andere als einfach gewesen sein.
Besonders der Tempel hat angeblich viele Opfer gekostet.
BWooh
Die Nonnen und der Tem-pel sind für uns Abenteurer aber unersetzlich.

Woooh
Aber er wird nicht ewig aufgehalten werden können.
Naturkatastrophen oder Kriege zwischen Ländern ...
Solche Ereignisse werden auf kurz oder lang eintreten.
Woooh
Und sollten keine Abenteurer mehr in das Labyrinth eindringen ...
... wird der Tod irgendwann wieder aus ihm ausbrechen.

Und wenn die Quelle ...
... des Todes wirklich existiert ...
... dann wäre die Gefahr unfassbar gewaltig.
Die unterste Ebene ist weiterhin von Geheimnissen umhüllt.
Noch niemand ist bis zu ihr vorgedrungen.
Das ist die derzeitige Lage.
Solange niemand der Quelle des Todes ein Ende bereitet ...
...
... können die Leute nicht in Sicherheit leben.

Das soll mir recht sein!
Katschack
Das Labyrinth wird nicht ewig existieren!
Ich werde mir keine Angst einjagen lassen!

Ha ha
Wenn der Chef jetzt umgedreht wäre, wäre ich trotzdem gegangen!
So ein Labyrinth ist ...
... doch ein Klacks ...!
Deine Stimme zittert aber ganz schön.
Gruselige Dinge sind halt gruselig!

Grooooh
Das ist also ...
... das Labyrinth des Todes.
Schwitz
K... Kein Grund zur Sorge!
Ich habe überhaupt keine Angst ...
Zitter

Alles gut.
Ich und der Chef werden euch Magiewirker beschützen.
Das stimmt.
Auch wenn wir uns alle gerade erst kennengelernt haben.
Bevor wir reingehen, sollten wir noch unsere Formation besprechen.
POP!!
Stimmt!

Wenn wir zurück sind ...
... sollten wir gemeinsam essen gehen.
Schließlich hat das Schicksal uns zusammengeführt.
Hi hi hi, das klingt nicht schlecht.
Katsching
Katsching
Ja, das stimmt.
Nick
?!

Am Eingang steht eine Soldatin.
Zack
Diese Medaille. Sie muss eine Gardistin sein.
Mein Abzeichen ...
Wühl
Ach.
Fwipp
Schon gut. Schon gut.

Hier werden längst keine Ränge ...
... mehr überprüft.
ひら Wink
ひら Wink
Die Hälfte flieht eh nach kurzer Zeit oder stirbt.
Und die andere Hälfte?
Die stirbt irgendwann später.
Ist es so gefährlich?
Aber natürlich.
Wir wehren hier nur die Dinge ab, die herauskommen.
Ach, aber wir geben euch ein Abschiedsgeschenk.
Sechs Leute ...
Hier. Das sind fünf.

Bomf
Was sind ...
Das sind Leichensäcke. Wenn ihr alle tot seid ...
... kann euch eh keiner raustragen.
Wutsch
Deshalb nur fünf.

Wenn ihr euch in die Hose macht, dreht lieber gleich um.
Ihr habt doch sicher Familie.
Sollen wir umkehren?
Entscheide du.
Dann stellt sich die Frage nicht.
Wir werden weitergehen.

Ihr scheint euch gut zu verstehen.
Aber das sichert euch nicht euer Überleben.
Trotzdem besser ...
... als eine Gruppe ...
... die sich nicht versteht.

Wel-
come
to ...
Bwooooooh
Zack
Wooooh
... the
proving
grounds!

Goblin Slayer! The Singing Death 1 Ende

Bonus: Einige Tage zuvor in der Asche

Kumo Kagyu

Unter dem wolkenverhangenen Himmel herrschte kochende Hitze und der Anblick der vielen Treppenstufen ließ sie jegliche Motivation verlieren. Nichtsdestotrotz setzte sie tapfer einen Fuß vor den anderen, während sie die Treppe erklomm. Mit jedem Heben und Senken eines Beins rieb der Harnisch aneinander und klapperte. Sie keuchte schwer. Das Seil, das sie um das Gepäck gebunden hatte, schnitt ihr schwer in die Schulter. Viele Abenteurer, Besucher und auch Priester liefen an ihr vorbei, doch keiner bot ihr Hilfe an.

Sie hatte gewusst, dass es so sein würde, weshalb sie eigentlich nur zwei Möglichkeiten hatte: Alles von sich werfen und heulen oder die Zähne zusammenbeißen und es zu Ende bringen. Sie entschied sich für Letzteres und ging weiter. Es war schließlich zu spät, um umzukehren.

»…«

»Hah, hah! Was …?«

Jemand hatte sie angesprochen, doch sie hatte nicht verstanden, was die Person zu ihr gesagt hatte. Sie hob ihren

Blick und sah, dass vor ihr eine Nonne mit kühlem Blick stand. Sie hatte ihr Ziel erreicht.

Sie warf den Leichensack von sich, der beim Aufprall auf den Boden ein Geräusch von sich gab, das dem eines Stück verfaulten Obsts, das man zerdrückte, ähnelte.

»Was ist dein Anliegen?«, wiederholte die Nonne in einem kalten, distanzierten Tonfall.

»Beerdigt sie …«, brachte sie mit Mühe und Not über die Lippen. »Bitte …«

*

Die namenlose Kriegerin konnte nicht mehr sagen, was falsch gelaufen war. Eigentlich hatten sie keinen Fehler begangen. Zumindest glaubte sie das.

Als sie das Labyrinth betraten, war es düster und man konnte nichts weiter als Konturen in der Entfernung ausmachen. Sie umklammerte fest ihren Speer und schaute auf ihre Füße.

»Gut. Seid ihr bereit?«, fragte der vorangehende Abenteurer mit fester Stimme.

Sie antwortete mit einem Nicken. Die anderen Gruppenmitglieder hingegen erhoben ihre Stimmen, um dem Mann zu antworten, was dazu führte, dass die Kriegerin lachen musste. Sie hatte genickt, doch in dieser Dunkelheit würde niemand ihr Nicken erkennen.

»Ich bin jederzeit bereit.«

»Wir schlagen sie tot, schnappen uns die Dinge und gehen wieder. Das ist schon alles. Es wird ganz einfach.«

»Auf geht's!« Der Anführer stürmte nach vorne und trat die Tür zu einer Kammer auf, doch dann …

*

»Ähm … Ist alles in Ordnung?«

Eine zögerliche Stimme holte sie aus ihren Gedanken zurück. Sie hob ihren Blick und schaute in Augen, die nichts mehr sehen konnten. Die Kriegerin blinzelte mehrfach und erkannte, dass sie sich im Tempel des Gotts des Handels befand. Sie wusste nicht mehr genau, wie sie hier gelandet war, aber sie saß auf einer Bank in der Gebetshalle. Um sie herum sah sie Abenteurer, die beteten oder wütend auf die Kleriker losgingen.

Selbst die Götter waren nicht allmächtig, denn trotz ihrer schier endlosen Macht konnten sie nichts an ihren eigenen Würfelergebnissen ändern. Nichtsdestotrotz verstand die Kriegerin die Verzweiflung derer, die darauf hofften, dass die Götter vielleicht doch etwas machen konnten.

»Ähm …?«

Erneut erhob die Person vor ihr die Stimme. Obwohl sie es als lästig empfand, wandte sie sich ihr zu. Sie erkannte, dass es die Frau war, die Gegenstände identifizierte. Sie trug wie immer ihren Stab, der eine Mischung aus einer Waage und einem Schwert war und sie als Dienerin des erhabenen Gottes auswies. Normalerweise saß sie mit hängendem Kopf im Gasthaus und wurde von Leuten angeschrien. Sie wusste, dass Gerüchte über sie herumgingen, hatte sich aber nie mit ihnen befasst.

»Was willst du?«

»Ach, nichts.« Die Bischöfin schüttelte ihren Kopf. »Du sahst einfach erschöpft aus und deswegen …«

»Ja, und deshalb habe ich mich hier ausgeruht.« Obwohl sie wusste, dass ihr Gegenüber nicht sehen konnte, schaute sie sie mit stechendem Blick an.

»E… Entschuldigung …«

Die Bischöfin zuckte zusammen und senkte ihren Kopf. Als die Kriegerin das sah, fühlte sie sich für einen Moment schlecht. Sie hatte nicht vorgehabt, sie zu drangsalieren.

»Sag mal. Warum bist du immer im Gasthaus?«

»Ä… Ähm …«, antwortete die Bischöfin mit leiser Stimme. »Me… Meine Kameraden haben mich zurückgelassen … Deswegen …«

»Ach so …« Die Kriegerin begann mit ihren Beinen zu schaukeln und sprang mit Schwung von der Bank. Sie kicherte. Ihr Körper fühlte sich seltsam leicht an. Sie trat gegen den Schaft ihres Speers und ließ ihn so in ihre Hände fallen. »Ich geh mir jetzt im Gasthaus eine neue Gruppe suchen.«

Sie lächelte breit über das ganze Gesicht und versuchte sich an der Bischöfin vorbeizuschieben, doch diese versperrte ihr standhaft den Weg.

»Ähm … Also …«

»Hm?«

»Alles in Ordnung?«

Die Kriegerin wusste zuerst nicht, was sie darauf sagen sollte. Sie fragte sich, was für ein Gesicht sie gerade machte, aber die Bischöfin konnte sie ja nicht sehen. Sie versuchte ein

Lächeln aufzusetzen und antwortete: »Ich hoffe, du findest auch bald neue Kameraden.«

»Ach …«

Die Kriegerin wusste nicht, ob sie die Bischöfin mit diesen Worten verletzt hatte oder nicht, aber sie wartete auch nicht ab, ob sie noch etwas sagte. Sie verließ schnurstracks den Tempel und das Licht, das durch die Wolken hindurchstach, war so grell, dass sie mehrfach blinzeln musste, um sich daran zu gewöhnen. Dann schulterte sie ihren Speer und atmete einmal tief durch. Sie wollte gerade die erste Treppenstufe hinabsteigen, als …

»Oh …«

… ihr der Wind durch die Haare wehte. Überrascht hielt sie inne und blieb stehen. Sie schnaufte kurz durch und begann hüpfend ihren Abstieg. Das Windrad auf dem Dach des Tempels drehte sich scheppernd, doch sie ließ sich davon nicht im Geringsten beirren.

Der Autor mag wenig Vorbau lieber!

Kumo Kagyu

Hallo, ich bin es, Kumo Kagyu! Der erste Band der Mangaumsetzung von *The Singing Death*! Die Zeichnungen von Herrn Shogo sind so cool! Ich hoffe, ihr hattet Spaß!

Aoki Shogo

Die Geschichte spielt in der Zeit vor Goblin Slayer. In einer Dark-Fantasy-Welt dringen die Abenteurer ins Labyrinth des Todes ein! Ich werde versuchen, den Glanz ihrer Abenteuer zum Leben zu erwecken!

Fantasy 16 +

Goblin Slayer!

Kumo Kagyu | Kousuke Kurose | Noboru Kannatuki

Eine junge Priesterin schließt sich ihrer ersten Abenteurergruppe an, nur um sich kurz darauf in einem Goblin-Hinterhalt wiederzufinden. Doch sie hat Glück, denn Goblin Slayer hat sich genau diese Goblins als seine heutigen Opfer ausgesucht.

Fantasy 16+

Goblin Slayer! Year One

Kumo Kagyu | Kento Sakaeda | Shingo Adachi | Noboru Kannatuki

Als einziger Überlebender eines Goblin-Angriffs auf sein Dorf sinnt ein Junge auf Rache und schwört sich, jeden einzelnen Goblin auf dieser Welt zu jagen und zur Strecke zu bringen. Dies ist der Beginn der Geschichte des legendären Helden Goblin Slayer.

Fantasy 15 +

Arifureta – Der Kampf zurück in meine Welt

Ryo Shirakome | RoGa | Takaya-ki

Hajime führt ein wenig aufregendes Leben, doch plötzlich wird seine Klasse in eine andere Welt beschworen, um die Menschheit vor dem Untergang zu bewahren! Während seine Klassenkameraden mit außergewöhnlichen Fähigkeiten ausgestattet werden, wird Hajime nur ein magischer Schmied. Wird er in dieser gefährlichen neuen Welt überleben können?

altraverse

Deutsche Ausgabe / German Edition
Altraverse GmbH – Hamburg 2024
Aus dem Japanischen von Lasse Christian Christiansen

GOBLIN SLAYER GAIDEN 2: DAI KATANA vol. 1

First published in Japan in 2020 by SQUARE ENIX CO., LTD.
German translation rights arranged with SQUARE ENIX CO., LTD.
and Altraverse GmbH through Tuttle-Mori Agency, Inc.

Redaktion: Johannes Marschallek
Herstellung: Stephanie Gieck
Lettering: Vibrant Publishing Studio

Druck: Nørhaven A/S, Viborg
Printed in Denmark

FSC
www.fsc.org
MIX
Papier | Fördert
gute Waldnutzung
FSC® C104608

ISBN 978-3-96358-554-8
2. Auflage 2024

www.altraverse.de